VENTE

du Jeudi 4 Avril 1901

HOTEL DROUOT, SALLE N° **11**

à deux heures et demie

TABLEAUX

MODERNES

Aquarelles, Dessins, Pastels

Mᵉ **PAUL CHEVALLIER**, commissaire-priseur

M. J. **FÉRAL**, expert

CATALOGUE

DE

TABLEAUX MODERNES

PAR

BOUDIN, DEFAUX, E. DUBUFE, C. DUFOUR, V. DUPRÉ, FRANÇAIS,
HOUBRON, JAPY, LAVIEILLE, Mme MAD. LEMAIRE,
J. LE ROY, OUTIN, PEZANT, RENOUF, ROCHEGROSSE,
VAN BEERS, VEYRASSAT, ETC.

Aquarelles, Dessins, Pastels

Dont la vente aura lieu

HOTEL DROUOT, SALLE N° 11

Le Jeudi 4 Avril 1901

A DEUX HEURES ET DEMIE

COMMISSAIRE-PRISEUR	EXPERT
Me P. CHEVALLIER	**M. J. FÉRAL**
10, rue Grange-Batelière	54, Faubourg Montmartre

EXPOSITION PUBLIQUE

Le Mercredi 3 Avril 1901, de 1 h. 1/2 à 5 h. 1/2

CONDITIONS DE LA VENTE

La vente sera faite au comptant.

Les acquéreurs payeront *dix pour cent* en sus des prix d'adjudication.

Paris.— Imp. de l'Art, E. Moreau et Cie, 41, rue de la Victoire.

DÉSIGNATION

AQUARELLES, DESSINS
PASTELS ET DIVERS

1 — *La Kermesse de Ryswick.*
> Photographie d'après A. V. der Venne.

2 — *Raphael et la Fornarina.*
> Gravure d'après Ingres.

3 — *Un Petit Souper du Régent.*
> Gravure d'après Nattier.

4 — Un tableau, un pastel et un dessin de
l'École Moderne.

PUVIS DE CHAVANNES

5 — *Études de nus.*
> Deux dessins au crayon noir.

ÉCOLE MODERNE

6 — *La Femme au masque.*
> Signé à gauche.
> Pastel de forme ovale.

ROSENSTOCK

7 — *Vase et Panier de fleurs.*
Aquarelle.
Signée à gauche.

LUCKHART (G.)

8 — *La Toilette.*
Pastel.
Signé à droite.

GÉRICAULT (Attribué à)

9 — *Étude de chevaux.*
Dessin au crayon noir.

DECAMPS (Attribué à)

10 — *Vue d'Orient.*
Dessin au bistre.

JACQUE (Cн.)

11 — *Le Tonnelier.*
Dessin au crayon noir.

MILLET (J.-F.)

12 — *Paysanne debout.*
13 — *La Tonte du mouton.*
Dessin au crayon noir.

NOEL (Jules)

14 — *Vue d'un port de pêche.*
Aquarelle.
Signé à droite.

ROUSSEAU (Attribué à Th.)

15 — *Vue d'Auvergne.*

> Dessin au crayon noir.

LEMAIRE (Mme Madeleine)

16 — *Diane chasseresse.*

> Dessin à la sanguine rehaussé de blanc.
> Signé à droite.

FANTIN LATOUR

17 — *Portrait de Femme à mi-corps.*

> Pastel de forme ovale.
> Signé à droite.

FORTUNY

18 — *Gentilhomme debout.*

> Dessin provenant de la vente de l'artiste.

HOUBRON

19 — *Une rue à Montmartre.*

> Aquarelle.
> Signé et daté 1899.

TABLEAUX

BELLANGÉ (H.)

20 — *Scène militaire.*
Esquisse.

ABAUNZA (Carlier de)

21 — *L'Étang.*
Signé à droite.

ABAUNZA Carlier de)

22 — *Le Départ du troupeau.*
Effet du matin.
Signé à droite.

ÉCOLE MODERNE

23 — *La Moisson.*

RENOUF (E.)

24 — *Le Verger.*
Signé à gauche.

RENOUF (E.)

25 — *La Vague.*
Signé à gauche.

LAVIEILLE

26 — *Vue de Barbizon.*
Effet de neige.

ABAUNZA (Carlier de)

27 — *Le Laboureur.*
Signé à gauche.

FRANÇOIS

28 — *Paysans italiens dans la campagne.*
Signé à droite.

FORTIN (C.)

29 — *La Déclaration.*
Signé à droite.

TRAYER (J.)

30 — *Les Livres d'images.*
Signé à gauche.

DUSAUCÉ

31 — *Le Quai des Orfèvres.*
Effet de clair de lune.

INNOCENT

32 — *Jeune Femme et Fillette.*
Signé en haut et à droite.

DIAQUÉ (R.-C.)

33 — *Le Poulailler.*
Signé à droite.

BOUDIN

34 — *Le Port de Honfleur.*
Effet du matin.

BOUDIN

(DEUX PENDANTS)

35 — *Cours de Fermes.*

BONHEUR (ROSA)

36 — *Cerf sous bois.*

Étude portant le cachet de la vente.

DUPRÉ (VICTOR)

37 — *Le Passage du gué.*

Signé à gauche.

DEFAUX

38 — *Entrée de Ferme.*

Signé à droite.

DUFOUR (C.)

39 — *Vue de Longwy, près Bretoncelle.*

Signé à gauche.

HOUBRON

40 — *La place Vendôme.*

Signé et daté 1900.

HOUBRON

41 — *Vue de l'Église Notre-Dame et d'un bras de la Seine.*

Signé et daté 99.

PEZANT (A.)

42 — *Vaches à l'Abreuvoir.*

Signé à droite.

JAPY

43 — *Paysage avec cours d'eau.*

DORÉ (Gustave)

44 — *Femme et Enfant.*

DORÉ (Gustave)

45 — *La Tireuse de cartes.*

DREUX (Attribué à De)

46 — *Cavalier dans la campagne.*

DUPRÉ (Attribué à J.)

47 — *Paysage.*

GERVAIS (P.)

48 — *Le Bain de l'Odalisque.*
Signé à gauche et daté 94.

RIBOT (Th.)

49 — *La Lecture.*
Signé à gauche.

BARILLOT

50 — *Vaches au repos.*
Signé à droite·

ROLL (A.)

51 — *Marine.*
Signé à gauche.

NEUVILLE (A. DE)

52 — *Cheval blessé, après la bataille.*

Étude signée à gauche.

LOBRICHON (T.)

53 — *Quand on n'a pas ce qu'on aime.*

Signé à droite.

WATELIN (L.)

54 — *Les Caresses.*

Signé à droite.

ROCHEGROSSE

55 — *Un Marché en Orient.*

Signé en haut à droite.

DUBUFE (E.)

56 — *Diane chasseresse.*

Signé et daté 1839.
Œuvre importante de l'artiste.

OUTIN

57 — *Gentilhomme en habit bleu.*

Signé à droite.

VAN BEERS (JEAN)

58 — *Portrait de Dame en robe blanche.*

Signé et daté 1882.

LEMAIRE (Mme MADELEINE)

59 — *Fleurs dans une coupe et cruche en faïence posés sur un meuble.*
Signé à gauche.

LE ROY (JULES)

60 — *Chatte et ses petits sur un coussin en soie.*

VEYRASSAT

61 — *Bords de rivière.*

KREYDER (A.)

62 — *Raisins blancs et noirs.*
Signé à gauche.

COLIN (PAUL)

63 — *Plage à marée basse.*
Signé à droite.

MURANT

64 — *Fleurs dans un vase.*
Signé à gauche.

DUVIEUX (H.)

65 — *Vue des côtes d'Italie.*
Signé des initiales.

BOUDIN (E.)

66 — *Plage à marée basse*
Étude sur carton.

PHILIPPON (G.)

67 — *Les Bords de la Seine.*
Signé à droite.

LANGEROCK

68 — *Pâturage en Hollande.*
Signé à droite.

GIRAUD (Charles)

69 — *La Partie de tric-trac.*
Signé à gauche.

GIRAUD (Charles)

70 — *L'Écrivain public.*
Signé et daté 1881.

GALARD-D'ÉPINAY

71 — *Marine.*
Signé à gauche.

GALARD-D'ÉPINAY

72 — *Entrée de port.*
Signé à gauche.

ALIGNY

73 — *Vue du Fort Saint-Ange.*
Signé au centre.

ÉCOLE MODERNE

74 — *Le Professeur de plain-chant.*
Signé M. B.

COURT

75 — *La Jeune Fille aux fleurs.*
> Signé.

ERAUD (Marius)

76 — *Marines.*
> Signés.

BOULANGER (Cl.)

77 — *Les Amants.*
> Signé à droite.

78 — *Scène de chevalerie.*
> Signé à droite.

DALIPHARD (E.)

79 — *Entrée de village.*
> Signé et daté 1864.

DALIPHARD (E.)

80 — *Bords de rivière.*
> Signé et daté 1865.

KIORBOÉ

81 — *La Chasse aux cerfs.*
> Effet de neige.
> Signé à gauche.

MONTEL (A.)

82 — *Le Café au jardin.*
> Signé à droite.

MONTEL (A.)

83 — *Vue du Rond-Point des Champs-Élysées.*
Signé à droite.

GUDIN (Attribué à)

84 — *Marine.*

RÉMOND

85 — *Vue de Suisse.*
Signé à gauche.

COURBET (Genre de G.)

86 — *Cerf sous bois.*

SÉGÉ (A.)

87 — *La Vallée.*
Étude de paysage.

JOHNSON (H.)

88 — *Portrait d'Homme d'après Rembrandt.*

9 782329 356594